CELESTE BRUNO

I MASTINI DELLA MOBILE

Il morso del mastino

◆

**COLLANA
di
CRONACA NERA**

EDIZIONI WE

PRECISAZIONI

L'opera è frutto della fantasia dell'autore anche se associata a fatti ed eventi realmente accaduti, utilizzati per nutrizione letteraria.

I riferimenti ai personaggi "reali" associati a quelli eventualmente "di fantasia" devono ritenersi "casuali" e non necessariamente contestualizzati temporalmente.

ISBN 979-12-5497-079-9

©2023 Edizioni WE di Nicola Bergamaschi
Via Paulli 10/A – 26015 – Soresina (CR)

www.clickpertutti.com
www.edizioniwe.com
www.facebook.com/edizioniwe
www.instagram.com/edizioniwe
info@edizioniwe.com

Prendere a cuore le cose
è il modo di agire del vero detective.
L'unico che esista.
(Harry Bosch)

PREFAZIONE
di Celeste Bruno – Commissario PS

La collana "I Mastini della Mobile" potrebbe rappresentare, per esposizione e tematiche, la prosecuzione quasi naturale di un'opera letteraria di fine anni settanta, scritta da "Felisatti e Pittorru" da cui venne tratta una serie televisiva di successo "Qui Squadra Mobile".

Il protagonista de "I mastini della Mobile", alter ego dell'autore, è un ispettore della "Omicidi" della Squadra Mobile di Milano, nato sotto il segno zodiacale della Bilancia che passa, con disinvoltura, dai quartieri più malfamati, alle vie del lusso e della cosiddetta "Milano da bere", senza mai perdere il suo istinto.

Gli intrecci, riportano o si ispirano a fatti di cronaca nera e retroscena investigativi, introspettive dei vari partecipi e le gesta del protagonista, il barese Nicola Violante, detto "il Mastino" da cui la denominazione genericamente affibbiata a tutti i componenti della squadra "I Mastini della Mobile " .

Nei narrati, l'autore, sceglie di dare poco spazio alle sfumature personali legate alla sfera privata, per dare voce, diffusamente, alle specifiche sociali e investigative affrontate, così come avviene nella realtà, annullando o discostandosi dal clichè tematico, spesso utilizzato da diversi scrittori, che vuole il poliziotto un po' oscuro, con manifeste difficoltà esistenziali e relazionali, vizi o patologie estreme, un passato da nascondere o verità da celare.

Qui vige la normalità degli esseri perché nella vita tali loro sono e salvo casi occasionali o eccezionali, la vita privata poco o nulla deve incidere sulla loro operatività professionale.

I nomignoli, affibbiati amichevolmente a ognuno di essi dagli stessi componenti la "squadra" vengono profferiti solo in talune occasioni di svago o di tensione, comunque sempre in forma goliardica e mai offensiva, quindi non per menzionarli o identificarli, in quanto gli stessi abitualmente si chiamano per nome, proprio per la confidenzialità che si instaura nella squadra, condizione a cui Nicola Violante tiene particolarmente per armonizzare e limare le caratterialità all'interno dell'ambiente operativo.

Per completezza di informazione si evidenzia che la "Omicidi" è una componente organica alla sezione "reati contro la persona" che si occupa anche di violenze; sequestri di persona, scomparse anomale, sfruttamento della prostituzione, riduzione in schiavitù e tratta di esseri umani.

Celeste Bruno

INTRODUZIONE

Il genere poliziesco: l'elemento fondamentale di una detective story è la soluzione di un mistero, i cui elementi sono presentati in maniera chiara all'inizio della storia e la cui natura è tale da suscitare la curiosità del lettore, che viene ripagata alla fine.

Gli elementi principali che contraddistinguono il *poliziesco* sono: un delitto - di qualsiasi natura - compiuto o in corso; uno o più investigatori; le indagini sul crimine svolte anche con sistemi scientifici; lo scioglimento finale dell'intreccio.

In ambito anglosassone ci si riferisce a questo particolare ed ampio sottogenere del *giallo* con il termine *detective fiction* o *detective story*.

Volendo applicare una suddivisione netta fra i sottogeneri del *giallo*, appartengono al filone del *poliziesco* tutte le storie d'indagine con un antefatto delittuoso e con un'attività di ricerca per scoprirne l'autore.

Il morso del mastino

INCIPIT

Una confessione ritenuta molto lucida anche se inframmezzata da alcune pause e diverse ripetizioni, con lo sguardo non sempre presente, quasi un po' perso, con gli investigatori pronti a riportarlo alla realtà quando sembrava che si perdesse un po' il filo del racconto.

PRIMO EPISODIO
Narra la storia del primo serial killer certificato
tale in Italia.

SECONDO EPISODIO
Racconta l'evolversi di una sparatoria dai contorni
grotteschi quasi esilaranti.

I

All'incirca mezzogiorno di un sabato di inizio dicembre.

Una condomina di via Pier Lombardo, nella zona est della città, aveva segnalato al locale Commissariato Monforte che da almeno due, tre giorni, non vedeva il suo vicino, Luigi Steiner.
Allarmata, aveva provato a contattarlo telefonicamente, ma non aveva ricevuto risposta.
Si era premurata di interpellare una cugina che ogni tanto veniva a farle visita, ma ebbe a riferirle che a sua volta non aveva notizie del parente e che non aveva le chiavi di accesso all'abitazione.

La segnalazione, per quanto fumosa, venne girata telefonicamente alla sezione Omicidi della Mobile e Marinis, dopo averla raccolta, ritenne opportuno mandare sul posto Nicola Violante che non la prese proprio bene, comunque fece buon viso a cattiva sorte, pensando che si sarebbe liberato in poco tempo.

Era abituato a turni lunghi ed estenuanti, alle chiamate improvvise a qualunque ora del giorno e della notte, a dispetto dell'ordine di servizio affisso in bacheca, che prevedeva formalmente turni di sei ore: un foglio orario che era di fatto una proforma.

Quel giorno, però, era sabato e pensava di dedicarlo in parte alla famiglia e voleva distrarsi un po' recandosi, con i suoi cari, al centro commerciale per un piacevole quanto raro giro di negozi.

Dispose che ad accompagnarlo sul posto sarebbe stato solo l'agente Vitelli, mettendo praticamente in libertà il resto della squadra per un meritato riposo fine settimanale, ordine che suscitava come sempre in questi casi, sghignazzi e sfottò.

Solitamente, erano gli stessi suoi uomini che facevano a gara per offrirsi volontariamente per recarsi sul posto e partecipare attivamente a tutte le fasi dell'indagine, ma quella segnalazione apparve non di particolare importanza, quasi una sorta di favore per "accontentare" i dirigenti del commissariato, sempre a corto di uomini e mezzi.

Per altro, detta in quel modo e di sabato, la presero più come una richiesta di ausilio o uno scarico di compiti, che un intervento su una eventuale indagine vera e propria.

Non capitava tutti i giorni di avere un po' di respiro e dopo l'uscita di Violante, si dileguarono immediatamente lasciando gli uffici della Mobile.

Giunse in via Pier Lombardo intorno alle tredici, insieme a Pierluigi Vitelli e all'ingresso del portone, trovò ad attenderlo Carmelo Vesuvio, un collega del Commissariato Monforte.

Sul pianerottolo, davanti alla porta di casa, venne interpellata la vicina che aveva fatto la segnalazione che confermò di non aver visto o sentito lo Steiner negli ultimi giorni.

In pensione da poco meno di un anno, l'uomo viveva da solo dopo la morte della moglie verificatasi alcuni anni prima, dall'unione non aveva avuto figli.

Opportunamente sollecitata, si lasciò andare e, abbassando il tono di voce, riferì che l'uomo, nelle ultime settimane, spesso si era accompagnato ad altri soggetti a lei apparsi dei barboni, una donna matura e un uomo più giovane, basso e stempiato, probabilmente conosciuti nella mensa di una chiesa nelle vicinanze che lo Steiner aveva preso a frequentare, conducendoli anche nella sua abitazione.

Non disponeva delle chiavi della porta di ingresso del suo vicino e, quindi, si rese necessario la richiesta di intervento dei Vigili del Fuoco per tentare di entrare da una finestra o forzare la serratura.

I pompieri, giunti sul posto, notarono che l'unica serratura non presentava le mandate e, quindi, si doveva ritenere che la porta era stata semplicemente chiusa a spinta dall'interno o tirata a sé dall'esterno.

La aprirono rapidamente consentendo l'ingresso agli investigatori.

L'abitazione composta da un vano cucina con annesso soggiorno, un bagno, una camera da letto e un ripostiglio, ad una prima sommaria occhiata, apparve in ordine e anche pulita.

Il letto matrimoniale era rifatto, con tanto di copriletto chiaro sopra i due cuscini, la coperta a quadri e le lenzuola bianche. I cassetti e gli armadi non risultavano aperti o rovistati.

Chinatisi sul pavimento per guardare al di sotto del talamo, Violante e il collega Vesuvio quasi trasalirono. Disteso sul pavimento vi era un corpo esamine.

Con l'aiuto anche dei vigili ancora presenti in luogo, il letto venne spostato; ciò consentì di guardare meglio il cadavere.

Era una donna, di circa sessant' anni, con capelli grigi raccolti a crocchia, indossante un cappotto scuro, calze di nylon color carne e scarpe nere a tacco basso.

Presentava una vistosa ferita alla gola, da cui era fuoriuscito del sangue che si era depositato sui vestiti della stessa e in parte assorbito dai tessuti; nei pressi anche una borsetta di finta pelle di colore nero con all'interno dei fazzolettini di carta, due chiavi assicurate da un cerchietto e la sua carta d'identità. Si chiamava Edda Moz ed aveva 55 anni.

Le chiavi rinvenute nella borsetta, risultarono quelle di apertura della casa e del relativo portone.
Del proprietario, Luigi Steiner, nessuna traccia.

Il medico legale, giunto nell'arco di un'ora circa, esaminò la ferita e concluse che la coltellata alla gola, aveva reciso di netto la carotide uccidendo la donna praticamente all'istante e che il decesso, poteva essere avvenuto tra le 24 e le 48 ore precedenti; certamente sarebbe stato più esaustivo in sede di esame autoptico.

Il magistrato di turno, tempestivamente informato, dispose che la salma dopo i rilievi, venisse posta immediatamente a disposizione di medicina legale presso l'obitorio e, oralmente, delegò le indagini alla Mobile.

Il capo della Omicidi, Emilio Nicola Marinis aggiornato sul ritrovamento del cadavere, invitò Violante a svolgere ogni opportuna indagine per rintracciare lo Steiner e risalire all'autore o agli autori del delitto.

L'abitazione venne controllata per cercare documenti o

tracce utili al rintraccio dello Steiner, vennero, però, notati solo oggetti personali, un libretto di lavoro, svariate foto ritraenti il medesimo e la moglie e alcune comunicazioni bancarie relative ad un conto corrente acceso presso una agenzia di viale Fulvio Testi, dalla più recente risalente a circa tre settimane addietro risultava che lo stesso aveva in deposito la disponibilità di una somma pari a 116 mila euro.

Le utenze energetiche dell'abitazione, gas e luce, risultavano regolarmente attivate e, da tali particolari, era da escludere l'eventualità che lo Steiner si sarebbe voluto allontanare per un periodo medio lungo.

Il rebus andava dipanato e Violante non si perse d'animo. La vicenda inizialmente tinta di giallo stava sempre più assumendo la connotazione di un vero e proprio noir.

Si erano fatte le sei del pomeriggio e gli investigatori non avevano neanche pranzato o messo qualcosa sotto ai denti.

Poco male si disse Violante, mangeremo più tardi e intanto si era completamente dimenticato di chiamare casa per avvisare.

La prima persona a essere contattata telefonicamente e convocata presso gli uffici della Mobile in via Fatebenefratelli, fu la cugina, unica parente dello Steiner.

Intanto Violante e Vitelli, salutato il collega Vesuvio
che aveva necessità di rientrare a casa, avevano raggiunto la parrocchia rintracciando il curato, la perpetua
e una volontaria della mensa annessa alla chiesa.

Il prete poco sapeva sulle frequentazioni dello Steiner,
ma la perpetua, più loquace ed informata, riferì che negli ultimi tempi, l'uomo si era spesso accompagnato
ad altri soggetti, conosciuti come barboni o quasi, tutti
frequentatori della locale mensa, luogo in cui sempre
più spesso anche lo Steiner si era recato e dove probabilmente aveva familiarizzato pur non risultando mu-
nito di nessuna tessera di accesso.

La volontaria, dopo aver visionato la foto della donna
ritrovata cadavere e apprese le sue generalità, rintracciò il modulo di adesione utile all'accesso al servizio,
associandolo a quella del figlio Luca Moz e di un altro
soggetto che con loro si accompagnava, tale Giovanni
Maiaron.

A suo dire, erano senza fissa dimora anche se la donna,
all'atto di fornire i propri dati, aveva indicato quale re-
sidenza quella riportata nella sua carta d'identità.

Violante e il suo uomo si diressero immediatamente a
quell' indirizzo, accertando tramite alcuni condomini
che di fatto, Edda Moz da tempo aveva lasciato l'abi-

tazione.

Rientrarono in ufficio ove trovarono ad attenderli gli assistenti capo Soldini, Visconteo e Lai, nel contempo avvisati. Nei corridoi, anche la cugina dello Steiner e suo marito, seduti in attesa.

Un rapido breafing per informare la squadra degli accadimenti e subito dopo il via a tutti gli accertamenti documentali utili alle investigazioni.

L'archivio era chiuso, ma le chiavi, depositate presso la sala operativa consentirono a Frank Visconteo di risalire al fascicolo personale di Edda Moz.

La stessa, da una nota relativa a un controllo in strada, eseguito alcune settimane addietro nei pressi della stazione ferroviaria di Rogoredo, risultava controllata insieme al figlio ventinovenne Luca e Giovanni Maiaron, di anni sessanta, tutti indicati come clochard e senza fissa dimora, nell'occasione accompagnati in Questura e foto segnalati. Le loro impronte digitali quindi, erano presenti nella banca dati della Polizia Scientifica.

Nessuna risultanza invece sul conto di Luigi Steiner, risultato sconosciuto agli atti d'ufficio.

La cugina, venne sentita intorno alle ventidue, confermando che saltuariamente telefonava al parente che ogni tanto visitava, ma che non era a conoscenza delle modalità di vita che conduceva e delle sue frequentazioni. Unico particolare riferito, che era un acceso tifoso dell'Inter e che sul risvolto della giacca, portava sempre una spilletta del club nerazzurro.

Alla domanda di come mai il cugino avesse un conto corrente in una banca distante dalla sua zona, la cugina rispose che lo Steiner, aveva lavorato in una ditta nelle vicinanze quindi quella scelta, poteva essere stata fatta per comodità, stante la filiale sul tragitto che probabilmente faceva per recarsi al lavoro o rientrare a casa.

Venne congedata con la cortesia di rimanere a disposizione, nel caso fossero emerse altre novità.

Si recarono tutti all' osteria di un tarantino [1] per mangiare qualcosa e poi, suddivisi su due auto, presero a perlustrare le zone solitamente frequentate dai barboni durante la notte, ma senza esito.
All'alba, si ritrovarono in ufficio e raggiunti dal capo della Omicidi, Marinis, fecero il punto della situazione poi proseguito in un bar di via Turati, l'unico nelle vicinanze aperto nel giorno festivo.

Venne redatta una informativa e inviata al magistrato che convocò il capo della Omicidi e Violante per il mattino dopo – lunedi – alle nove.

---

[1]   Pasta e fagioli in via Venini.

Nell'androne dell' ingresso della Questura, Violante salutò Monica Cerro, 53 anni, una impiegata civile addetta all'archivio, lombarda, alta all'incirca 1,60, di corporatura robusta con capelli chiari tendenti al mosso, vestita in maniera semplice e mai truccata.

Spontaneamente le chiese cosa ci facesse di domenica in archivio e la donna, con fare quasi dimesso, rispose che aveva poco da fare a casa e voleva protocollare del lavoro arretrato.

A sua volta, presa dalla curiosità, l'impiegata chiese se era successo qualcosa e venne informata che stavano cercando dei clochard dopo il ritrovamento del cadavere di una donna in una abitazione il cui proprietario, era sparito insieme ad altri, cercati tutta la notte.

Nell'occasione, Violante, aggiunse che il fascicolo della donna era stato preso in archivio e che già depositato, poteva essere rimesso al suo posto.

Insieme al capo della Omicidi, convennero di continuare senza sosta a cercare in ogni dove i clochard, posto che probabilmente lo stesso Steiner poteva accompagnarsi con loro, l'unico che avrebbe dovuto o potuto fornire una spiegazione del cadavere ritrovato in casa sua.

Si erano fatte quasi le tredici quando Violante, seguendo un pensiero che gli balenava in testa, si recò personalmente in archivio dalla impiegata Monica Cerri, quasi in procinto di lasciare l'ufficio.

Le chiese se negli ultimi giorni, erano giunte relazioni relative a persone scomparse o suicide non ancora identificate e la donna, facendosi rossa in viso, immediatamente andò a cercare tra le carte che aveva fascicolato in mattinata, tornando sventolando una nota relativa all'arrotamento di una persona, non ancora identificata e indicata come presunto clochard, verificatosi sulla tratta ferroviaria Milano – Bologna all'altezza del comune di San Giuliano Milanese al chilometro 202. Era una traccia.

Una rapida telefonata a casa per sincerarsi della situazione e poi andarono tutti a pranzo presso la sala mensa della Polizia Ferroviaria, nella zona Greco Turro.

La scelta non era casuale. Infatti qui Violante incrociò un collega della squadra sopralluoghi della Ferroviaria a cui chiese lumi sulla persona arrotata giorni prima sulla tratta Milano/Bologna e questi, seraficamente, gli rispose che aveva fatto l'intervento, avvisato il magistrato e inviato i resti all'obitorio.

Alla precisa richiesta se avesse fatto prendere le impronte, il collega rispose che aveva inviato una nota alla scientifica che sicuramente aveva o avrebbe provveduto, aggiungendo che in quel tratto ferroviario, tra Rogoredo e Lodi, negli ultimi tempi, si erano verificati più suicidi. Lo disse senza entrare nei particolari mentre lasciava la sala mensa e dopo aver raccolto l'invito di Violante, a inviargli una nota dettagliata di tutti i casi verificatasi in quella e altre tratte del milanese e di farlo quanto prima possibile. Nel salutarlo cordialmente, il collega gli rispose che avrebbe provveduto all'indomani perché «oggi è domenica».

Rientrarono in Questura e il primo pensiero di Violante fu di salire al quarto piano, quello della scientifica. Trovò l'ispettore di turno con cui si conosceva da anni e dopo avergli rappresentato sinteticamente l'indagine in corso, gli chiese se avevano provveduto a prendere le impronte a una persona arrotata giorni prima.

Il collega controllò e rintracciò il cartellino che però, risultava in bianco alle voci generalità e quindi, poteva essere accaduto che non era stato ancora inserito nel database da cui ricavare l'identità se quelle impronte, fossero risultate associate a una persona già sottoposta a foto segnalamento.

Rispose che avrebbe provveduto subito, andando personalmente dal collega addetto alle verifiche del sistema AFIS [2] aggiungendo, strada facendo, che avevano

____

[2] Automated Fingerprint Identification System - Acronimo di Si-

fatto diversi interventi in quel tratto, tutti relativi a suicidi e che in un caso, non era stato possibile ricavare le
impronte, dato che il corpo si era completamente disfatto, sfracellato.

Presso la sala fotodattiloscopica situata al piano terra, il
giovane agente addetto, preso il cartellino, provvide subito alle verifiche asserendo che era stato già controllato
ed identificato qualche giorno prima, con comunicazio-
ne dei dati già inviati all'istituto di medicina legale. Era
anomalo che il cartellino non fosse stato contestualmen-
te compilato, forse una disattenzione dovuta al carico di
lavoro, comunque il risultato fu che quelle impronte risultarono essere di Giovanni Maiaron.

Con la stampa della velina relativa all'accertamento si
fiondò in ufficio, urlando ai suoi di organizzarsi per le
ulteriori ricerche in ogni dove, mentre lui e Vitelli si
sarebbero recati immediatamente all'obitorio in piazzale Gorini.

Al momento i morti erano due, rimanevano Luca
Moz e Luigi Steiner di cui mentalmente, presagiva le
sorti. Pensieri che espresse immediatamente al suo
capo, Marinis, illustrandogli, presenti tutti i suoi uomini, un film che il capo, in parte, condivise, ma sug-
gerendo di non azzardare subito ipotesi che, al momento, erano solo plausibili, ma non comprovate,

---

stema Automatizzato di identificazione delle impronte

spronando Violante e i suoi ad andare avanti e concludendo «io resto qua e valutiamo gli sviluppi».

I suoi uomini invece, si dissero subito convinti della bontà del racconto e di come poteva essere andata motivandosi ancor di più e facendo muro con il loro capo che già in passato, in più occasioni ci aveva azzeccato anche se loro scherzosamente lo definivano "culo" ridendo e burlandosi l'un l'altro.

La goliardia nel gruppo non faceva difetto e Violante non era da meno con le sue trovate anche sceniche oltre che umorali.
Tra grida, urli e battutine sarcastiche, si attrezzarono per il prosieguo dell'indagine uscendo tutti insieme e dirigendosi al sotto stante garage.

Su un'auto presero posto i tre assistenti capo mentre sull'altra, Vitelli e Violante per recarsi all'obitorio e intanto si erano fatte le cinque del pomeriggio.

In piazzale Gorini, il medico presente, confermò che negli ultimi giorni, erano stati traslati i cadaveri di tre persone risultate arrotate, tutti rinvenuti sulla tratta ferroviaria a est di Milano, rubricati come suicidi.

Dai cartellini presenti sulle celle frigorifere, il medico legale risalì ai dati dei soggetti.

Il primo di questi, identificato per un rumeno di circa 50 anni, presumibilmente un clochard, traslato il venerdì della settimana precedente e travolto dal treno solo parzialmente, forse mentre stava camminando al lato dei binari e colpito dal convoglio dopo aver perso l'equilibrio.

Il secondo risultò il Maiaron, traslato il lunedì precedente. Dall'esame autoptico, risultava essere stato tranciato dal treno.

In entrambi i casi spiegò l'anatomopatologo, la ridotta velocità del convoglio, all'incirca 40 chilometri orari, non aveva distrutto i corpi dei due cadaveri appena visionati a differenza di un altro, giunto giovedì scorso continuò, completamente distrutto, poichè travolto da un treno a più alta velocità.

Violante chiese se era possibile visionare qualche resto di quel cadavere e il sanitario, rispose che era ridotto a un vero ammasso di carne e consigliò di evitare.

Violante insistette e il medico seppur perplesso, aprì la cella frigorifera facendo scorrere il carrello su cui erano depositati i resti, celati da un lenzuolo.

Ai piedi della barella, erano depositati degli oggetti appartenuti alla vittima risultati un portafoglio in finta pelle nera vuoto, degli occhiali da vista frantumati, un apparecchio acustico e alcuni lembi di stoffa.

Il medico spiegò che quegli oggetti, erano stati depositati nel caso la scientifica avesse ritenuto utile fotografarli.

Violante si avvicinò e chiese dei guanti in lattice.
Dopo averli calzati, prese uno dei lembi di stoffa che pareva un risvolto e su cui vi era appuntata una spilla. Era dell'Inter.

Chiamò il suo collega alla Scientifica chiedendo che un operatore si recasse subito all'obitorio per fotografare quegli oggetti, stamparle e fargliele avere immediatamente.

Ringraziò il medico e uscì velocemente dalla camera mortuaria lasciando l'obitorio, praticamente inseguito da Vitelli che gli chiese cosa avesse e perché tanta fretta.

Non capisci - rispose Violante - andiamo subito in ufficio. Aveva la spilla dell'Inter un particolare che ci ha raccontato la cugina dello Steiner. Quel corpo è di Steiner.

Hai ragione - confermò Vitelli - la spilla che portava sempre. Cavolo! Come si fa a farlo riconoscere, è completamente disfatto.

E non lo facciamo il riconoscimento, ci bastano i particolari riferiti dalla cugina che ora riconvochiamo subito e continuiamo a cercare Luca Moz, il figlio della donna trovata morta sotto al letto in casa dello Steiner, sperando che non sia morto anche lui perché due sono le cose, o qualcuno li ha ammazzati tutti in rapida successione oppure è stato Luca a eliminarli tutti. E meno male che mi facevo i film.

Ci avevi visto giusto, porca miseria, ma dobbiamo trovare questo Luca assolutamente, costi quel che costi concluse Vitelli.

In ufficio, controllò che agli atti, non risultasse alcun collegamento tra il barbone rumeno arrotato il venerdì precedente e gli altri di cui si stavano occupando ma quel dato, sarebbe stato verificato ulteriormente. Tutto poteva essere. E nulla andava trascurato.

Fece rientrare i suoi uomini per fare il punto sulle indagini e telefonicamente riconvocò la cugina di Luigi Steiner.

Intorno alle ventuno della sera, la donna, sempre accompagnata dal marito, venne informata che all'obitorio vi era un cadavere non riconoscibile, risultato arrotato alcuni giorni prima nei pressi della stazione ferroviaria di San Donato Milanese.

Gli venne chiesto se il cugino portava le lenti e se utilizzasse un apparecchio acustico e la donna, rispose affermativamente.

Sì, suo cugino portava gli occhiali da anni e faceva uso di un apparecchio acustico.

Gli vennero mostrate le foto della spilla, degli occhiali e dell'apparecchio acustico e la donna, ebbe un sobbalzo.

La spilla era sicuramente quella di cui aveva parlato e pure gli occhiali erano quelli del cugino. Sull'apparecchio acustico ammise che sapeva che ne faceva uso ma non era in grado di riconoscerlo, comunque pure lei non aveva più dubbi e si disse certa che quel corpo su cui erano stati rinvenuti, era quello del cugino.

Era una certezza e Marinis, il capo della Omicidi, venne immediatamente informato sugli sviluppi, raggiunto telefonicamente mentre cenava.

Si complimentò con Violante e la sua squadra aggiungendo che potevano andare a casa a riposare un po' ma loro, tutto avevano in mente meno che mollare la presa.

Cenarono poco dopo con dei panini acquistati da un baracchino mobile in piazza della Repubblica e si predisposero per le ricerche. Nessuno si disse stanco e proseguirono per tutta la notte.

Solo intorno alle quattro del mattino, sonnecchiarono

una mezzoretta, sprofondati sui sedili delle due auto civette nei pressi di un dormitorio pubblico ma poco dopo, si ripresero dalla stanchezza, fecero colazione e si diressero verso altri luoghi frequentati dai clochard.

Alle sette in punto Violante rientrò, chiamato dal suo capo e riferendo a voce gli ultimi sviluppi, per poi recarsi con lui dal magistrato, a cui espose l'indagine sin allora svolta e la sua tesi.

L'inquirente ascoltò attentamente ma non convinto, concluse che la ricostruzione gli pareva un po' fantasiosa ma comunque di continuare le ricerche e di fargli avere al più presto una dettagliata informativa su quanto emerso.

Violante non si mostrò contrariato dal giudizio del PM [3] ma mentalmente lo mandò bonariamente a quel paese.

Non aveva la certezza di avere ragione ma i tre cadaveri erano reali e non si poteva ignorarlo. Sarebbe andato avanti a cercare l'anello mancante, Luca Moz. Che però sembrava svanito.

Il capo della squadra Mobile Gigi Abruzzi,[4] volle subito le novità sul caso e predispose che tutti gli uomini dispo-

---

[3]   Pubblico Ministero
[4]   Dirigente subentrato al precedente che aveva lasciato l'incarico dopo una vibrante protesta di tutta la Squadra Mobile.

nibili venissero impegnati nelle ricerche di Luca Moz a cui si associò un equipaggio del Commissariato Monforte capitanato da Carmelo Vesuvio, il primo investigatore che si era recato presso la casa dello Steiner.

Cinquanta equipaggi, foto alla mano, nell'arco di una mezz'ora lasciarono via Fatebenefratelli per cercarlo in ogni angolo, insistentemente e sino a nuovo ordine.

Marinis invitò Violante a stilare l'informativa per il magistrato, almeno disse sorridendo, leggendo magari si convince un po' di più ma Violante a tutto pensava meno che a mettersi a scrivere, mentre tutti gli altri erano operativi. Non voleva perdere tempo e fece un giro tra le stanze.

Gli uffici e i corridoi della Mobile erano praticamente deserti.

All'improvviso, potevano essere all'incirca un quarto alle dodici, il collega Felino detto "Micio" fece capolino nel suo ufficio per dirgli che stava rientrando a casa, chiamato dalla moglie per una necessità.

Alla Mobile era una regola, tutti disponibili ma davanti a un problema di famiglia non c'era orario o emergenza che teneva, si andava subito a casa, si verificava o risolveva il problema e si rientrava immediatamente.

Fu un lampo. Violante gli chiese se nel recarsi a casa sarebbe passato da viale Fulvio Testi e "Micio" rispose che poteva tranquillamente farlo.

Allora - fu la risposta - prendi un'auto di servizio e andiamo subito; tu mi lasci lì e prosegui, poi io rientro per conto mio.

Nell'arco di qualche minuto erano in strada e lampeggiante acceso, velocemente percorsero la distanza, raggiungendo la sede dell'agenzia in viale Fulvio Testi.
Nel tragitto "Micio" chiese perché tanta urgenza di andare in quella banca e Violante, gli rispose che era lì che lo Steiner aveva un conto e una spiegazione potevano essere i suoi soldi.

Nell'agenzia entrò da solo mentre il collega si disse disponibile ad attenderlo in auto per riaccompagnarlo poi a una vicina stazione del metrò.

Si annunciò al direttore e chiese informazioni sul conto corrente di Luigi Steiner.

Il funzionario, un po' perplesso, rispose che senza una richiesta formale del magistrato, non poteva fornire dettagli, ma messo a conoscenza che il suo cliente forse era stato vittima di un omicidio, acconsentì e si sbottonò, controllando il conto e riferendo che nelle ultime settimane, Steiner aveva operato dei prelievi di mille euro ognuno, cinquemila euro in tutto.

Alla domanda se fosse giunto da solo per compiere tali operazioni, il direttore rispose che effettivamente si era presentato in compagnia di una coppia, una donna anziana e un uomo più giovane che però, durante le operazioni stavano un po' in disparte.

Venne mostrata al funzionario la foto di Luca Moz e questi ritenne di riconoscerlo, ma per avere una ulteriore conferma, chiamò uno dei due cassieri che subito giunse, confermando l'identificazione.

Violante ringraziò con la cortese richiesta di avvisarlo nel caso questi si fosse presentato lasciando il suo recapito telefonico o di chiamare direttamente il 113 quando il direttore, dopo aver scambiato una rapida occhiata con il cassiere lo bloccò, dicendogli che anche senza un decreto del magistrato, necessario per la richiesta di informazioni bancarie, forse era giusto che sapesse che il venerdì precedente, il giovane, nell'orario pomeridiano si era già presentato alla banca, esibendo un assegno a lui intestato e firmato da Luigi Steiner, per l'ammontare di 110 mila euro.

Il cassiere, proseguì asserendo che data la consistenza della somma, aveva invitato il giovane a tornare quest'oggi, ovvero il lunedì per dare modo alla banca di richiedere il denaro contante da versargli, ma sino a quel momento, ora quasi di chiusura, non si era presentato.

Violante, appresi tali particolari, determinato a rimanere in banca sino alla effettiva chiusura e poi oltre nel pomeriggio, disse che doveva assentarsi un attimo per avvisare il suo collega e liberarlo per farlo andare a casa, ma nell'uscire, attraverso le vetrate delle porte di sicurezza, intravide un giovane che stava entrando.

Portava gli occhiali e indossava un maglione chiaro sotto a un giubbotto scuro aperto sul davanti, con il capo coperto da un cappellino tipo baseball.

Richiamò l'attenzione del collega per rientrare insieme, notando il giovane entrato davanti a una delle casse mentre parlava con il secondo cassiere a cui si era rivolto, consegnando il titolo a firma di Luigi Steiner.

Il cassiere fece un cenno con la testa e Violante lo raggiunse alle spalle, gli afferrò i polsi e lo ammanettò. Erano quasi le tredici e Luca Moz era stato catturato e venne trascinato fuori e caricato immediatamente in auto.

Dalle ore 12 del sabato alle ore 13 del lunedì susseguente, un'indagine mai interrotta per 49 ore di seguito.

Nicola Violante via radio diramò la notizia con invito a tutte le squadre a rientrare.
L'etere si riempì di urla roboanti e apprezzamenti vari

sulla buona riuscita delle ricerche.

Marinis si precipitò nella sala operativa per complimentarsi subito e personalmente.

In ufficio, presente tutta la squadra, Moz venne controllato accuratamente.

Nelle tasche gli venne rinvenuto un portafogli color marrone di finta pelle con all'interno la sua carta d'identità, un biglietto del treno Milano/Nizza, due assegni bancari in bianco firmati da Luigi Steiner e la somma in contanti di 3.700 euro; un coltello pieghevole con manico di colore rosso e lama di medie dimensioni, un ritaglio di giornale che riportava la notizia della morte da arrotamento del barbone rumeno avvenuta alcuni giorni addietro, una penna biro, dei foglietti di carta in bianco e una confezione di fazzolettini usa e getta.

Sprofondato su una poltroncina, Moz non parlava. Non aveva detto una parola e pareva quasi sorpreso.

Messo in qualche maniera a suo agio, gli venne chiesto se aveva mangiato e alla risposta negativa, gli venne offerto un panino al prosciutto e una bottiglietta d'acqua minerale. Lo mangiò con gusto e quando ebbe finito, inizio l'interrogatorio.

Incalzato da Violante e i suoi uomini, tutti presenti, gli vennero poste inizialmente alcune domande di rito come la conferma delle generalità, di quelle della madre e dell'eventuale padre risultato ignoto, quindi quali luoghi frequentava e cose del genere sin a giungere a domande più incalzanti e dirette.

Ad interrogatorio in corso, giunse trafelato il collega Carmelo Vesuvio del commissariato Monforte, informato sugli sviluppi e la cattura dal suo Dirigente che avrebbe gradito inserire il suo Ufficio nella buona riuscita delle indagini. Violante e i suoi lo accolsero cordialmente, acconsentendo che presenziasse al prosieguo dell'interrogatorio.

Alle prime, concrete contestazioni, Moz cadde varie volte in contraddizione per poi sospirare intensamente e a più riprese, sorseggiando un caffè, ammise le sue responsabilità in tutta la vicenda, fornendo un racconto dettagliato.

«Il coltello lo porto sempre con me e l'ho comprato alcuni mesi fa in un negozio di viale Montenero. Da oltre un anno, io e mia madre abbiamo lasciato l'abitazione ove dimoravamo poichè non eravamo più in grado di pagare l'affitto che tra l'altro già non versavamo al proprietario da tempo. Di fatto vivevamo in strada dormendo nei dormitori pubblici o in vari altri posti come sotto i portici o nei sottoscala di qualche palazzo. Vivevamo di assistenza ed elemosine, frequentando chiese e le mense dei poveri. Girovagando in questi

luoghi, abbiamo conosciuto Giovanni Maiaron, un altro barbone sempre alla ricerca di alcool, vino o birra.

Tra lui e mia madre è nata da subito una simpatia e di fatto potrei dire che avevano una relazione e con Giovanni, abbiamo incominciato a frequentare le stazioni ferroviarie dormendo o riparando sui vagoni dei treni fermi, ritenuti più confortevoli, sicuri e discreti, dato che mia madre aveva preso a dormire accanto a lui, instaurando anche una intimità poiché io li sentivo anche se facevo finta di dormire. Noi tre quindi, eravamo sempre insieme sino a quando all'incirca un paio di mesi fa, mia madre, davanti alla chiesa, ha conosciuto Luigi Steiner, con cui ha fatto subito amicizia. Era gentile e disponibile, ci portava sempre al bar per consumare delle colazioni o bere e vivendo solo, ha preso a invitare mia madre a casa sua, inizialmente per farla lavare e cambiare di abiti. In cambio, mia madre gli faceva un po' di pulizie e Steiner gli dava praticamente delle mance in denaro. Giorno dopo giorno, la frequentazione della casa da parte di mia madre è diventata sempre più assidua fermandosi anche la notte mentre io rimanevo con Giovanni, continuando a dormire sui treni. A volte anche io mi sono recato a casa di Steiner, ma non ho mai dormito da lui. Giovanni invece non è mai salito in casa perché si ubriacava spesso, era diventato geloso e anche offensivo nei confronti sia di mia madre che nei miei. Per questi motivi mia madre aveva tentato più volte di allontanarlo, ma lui non ne voleva sapere. Su un vagone avevo trovato un giornale in cui avevo letto la notizia di un barbone trovato morto tra le rotaie, quello che mi avete trovato nelle tasche e che mi ero pure dimenticato di averlo tenuto e da qui, dato che Giovanni frequentava spesso le stazioni raggiungendo i treni fermi camminando nei pressi delle rotaie, l'idea mia e di mia madre di farlo finire sotto a un treno. E difatti, una sera di qualche giorno fa, non ricordo quando, dopo averlo fatto bere abbondantemente, ci siamo recati sui binari e qui, in un punto dopo una curva, ci siamo seduti per terra e abbiamo aspettato che si addormentasse, quindi lo abbiamo disteso sulle rotaie trasversalmente, con il capo e parte delle gambe ciondoloni all'esterno. Era notte fonda e il primo treno che è arrivato ha fatto il resto. Noi intanto ci eravamo già allontanati recandoci a casa di Luigi Steiner di cui mia madre aveva le chiavi. Il mattino dopo, lo abbiamo convinto a firmare in bianco degli assegni rimasti nel blocchetto, con la scusa che potevano servire per prelevare dei soldi per acquistare per suo conto, del cibo, prodotti per la casa o delle medicine dato che già diverse volte, mi ero recato in farmacia perché era epilettico e necessitava di tranquillanti. D'altronde, ci eravamo già stati con lui in banca alcune volte e i cassieri ci avevano visti insieme mentre prelevava versando un assegno firmato da lui, ma compilato da me. E in una occasione ero stato da solo in banca e ho prelevato senza problemi presentando un suo assegno. L'idea era di prendere un po' di soldi e magari siste-

*marci tutti da lui in maniera stabile, ma mia madre vo-
leva gestire lei ogni cosa e per questo abbiamo incominciato a litigare. Siamo usciti dalla casa tutti e tre
per fare un giro e incominciavo a spazientirmi e dato
che ero molto nervoso, mi sono allontanato lasciando-
li soli. Il mattino dopo sono ritornato nella casa di
Steiner ove ho trovato mia madre, da sola, che aveva
rimesso in ordine mentre lui era fuori a fare una pas-
seggiata. Ho avuto una ennesima discussione perché
non voleva darmi i soldi e gli assegni e allora, molto
arrabbiato, mi sono diretto in camera da letto per
aprire il cassetto ove sapevo li custodiva. Lei mi ha
spinto dicendomi di uscire subito, l'ho presa da dietro
e gli ho dato una coltellata. E'caduta senza neanche
urlare e pareva che dormisse e l'ho spinta sotto al letto, prelevando poi tutti i soldi in contanti e gli assegni
già firmati. Ho aspettato che Steiner rientrasse e gli
ho raccontato che mia madre, era andata alla stazione, posto che lui già conosceva perché ci era venuto
con noi qualche volta e che lo avrei accompagnato per
raggiungerla. Lui ci ha creduto e mi ha seguito, ricordo che ho chiuso la porta tirandola solamente. Con i
mezzi abbiamo raggiunto San Donato e qui ho incominciato a camminare a fianco ai binari sempre seguito da Steiner, scostandoci quando arrivava un treno. A
un certo tratto, mi sono avvicinato e gli ho detto di to-
gliersi l'apparecchio acustico assicurato agli occhiali
perché il rumore dei treni in transito poteva dargli fa-
stidio e lui lo ha fatto. All'arrivo del primo treno ad*

alta velocità, gli ho dato una spinta di lato facendolo finire tra le ruote del convoglio che credo non si sia neanche fermato. Io sono subito scappato via, saltando una piccola recinzione e allontanandomi dal luogo e sono andato a mangiare qualcosa in un bar e rimasto nascosto sino al giorno dopo in una casa abbandonata, evitando i dormitori. Il pomeriggio successivo mi sono recato alla banca in viale Fulvio Testi ove ho presentato l'assegno. Il cassiere mi ha fatto aspettare un po' facendomi accomodare a una delle poltroncine per poi riconsegnarmi l'assegno e dirmi di tornare il lunedì successivo, perché al momento non disponevano della somma necessaria. Sono uscito e ho continuato a nascondermi in case abbandonate poi questa mattina, sono andato in stazione e ho fatto il biglietto per Nizza. Appena ritirato il denaro, era mia intenzione starmene lì tranquillo e godermi un po' di riposo. Sono andato in banca per cambiare l'assegno e ritirare i soldi e il cassiere mi ha detto che era tutto a posto e che doveva scendere nel caveau per prendere la somma già preparata. Mentre ero in attesa lì davanti alla cassa, mi avete preso. Ora che ho detto tutto posso andare?»*

Una confessione ritenuta molto lucida anche se inframmezzata da alcune pause e diverse ripetizioni, con lo sguardo non sempre presente, quasi un po' perso, con gli investigatori pronti a riportarlo alla realtà quando sembrava che si perdesse un po' il filo del racconto. Ma soprattutto che confermava quella che era stata la ricostruzione preventiva di Nicola Violante che aveva ipotizzato l'omicidio di Maiaron, Edda Moz e Steiner in rapida successione e ad opera di una sola mano, quella di Luca Moz. Anche sul movente ci aveva azzeccato, individuando quello economico.

Si era alle battute finali della lunga deposizione quando Vitelli, dopo aver aperto la porta del'ufficio per uscire, l'aveva immediatamente rinchiusa esclamando «qui fuori è tutto pieno di gente».

«Ma chi sono» fece Violante mentre i suoi non avevano una spiegazione. Erano chiusi in quell'ufficio da ore e non avevano realizzato che i corridoi brulicavano di gente, tutti giornalisti e fotoreporter, giunti via via che la notizia si era sparsa.

Nicola Violante si recò in bagno e notò che anche lì si erano nascosti, in attesa di una notizia che era già di fatto una realtà.

Tramite uno di loro, un cronista tra i più agguerriti che conosceva bene e che scriveva sul giornale in uscita nel tardo pomeriggio, apprese che si era fatto trapelare – ovviamente volutamente – dell'arresto di un "serial killer" responsabile di triplice omicidio.

Violante non confermò rientrando immediatamente nel suo ufficio ove trovò Marinis che a sua volta, sorridendo e celando un finto stupore, si disse sorpreso dalla fuga di notizie, ma comunicando che comunque, vista la situazione e l'enormità del caso, si sarebbe tenuta a breve una conferenza stampa. Ormai era inutile aspettare.

All'apertura della porta dell'ufficio, i reporter accalcati all'esterno, scattarono diversi flash cercando di cogliere l'immagine dell'assassino, ma immortalando tutto quello che era possibile all'interno della stanza.

Per calmare la situazione, venne concordato di far uscire Luca Moz e lasciarlo fotografare nei corridoi mentre lo conducevano al fotosegnalamento.

Intanto il magistrato, informato sui dettagli da Marinis, si era a sua volta complimentato richiedendo l'invio urgente della informativa che venne redatta da Violante la sera stessa. Avrebbe voluto commentare dalla "fantasia alla realtà", ma lasciò perdere.

L'edizione serale di un importante quotidiano memeghino, già in edicola, riportava il titolo a doppia colonna del triplice omicidio, con tanto di foto dell'arrestato e spalla con foto dedicata a Nicola Violante ribattezzato "Il mastino della omicidi" evidenziando le 49 ore di indagine consecutive, immortalato seduto alla sua scrivania mentre era al telefono. Lui stesso non sapeva come e quando l'avevano scattata, ma la foto era incontestabile.

Subito dopo un collega, in maniera un po' goliardica, ma sicuramente affettuosa, quale segno di stima, regalò a Nicola Violante una museruola, omaggio che accettò con un largo sorriso posizionando l'oggetto sul muro, alle spalle della sua scrivania, proprio al centro e in bella vista accanto al ritaglio dell'articolo dedicato.

Da quel momento Nicola Violante sarà il "Mastino della Mobile" e tutti i componenti della sua squadra, per effetto diretto, apostrofati allo stesso modo, ovvero i suoi mastini.

Più diffusamente la notizia venne diramata il giorno dopo da tutti gli organi di stampa e dalle televisioni.

Era ormai buio pesto quando Nicola Violante lasciò gli uffici della Mobile. Aveva solo voglia di farsi una calda e lunga doccia e dormire per almeno dodici ore.

Luca Moz riconosciuto solo parzialmente non completamente lucido, venne condannato a una lunga pena detentiva.

Erano passate da poco le tre di una notte fredda e buia, di un fine novembre meneghino.

Nicola Violante, della Squadra Mobile milanese, si strinse nel cappotto e uscì di casa alla svelta, dopo una chiamata di Marinis, il capo della Omicidi, che seraficamente gli aveva comunicato «c'è stata una sparatoria in piazza Loreto».

Nel contempo, strada facendo, dal centralino della Questura aveva fatto diramare l'allerta ad alcuni uomini della sua squadra, gli assistenti capo Salvo Soldini, Frank Visconteo e Marcello Lai, chiamati a catena.

Si assicurò che la Scientifica fosse stata informata, per convenire tutti direttamente sul posto, già presidiato dalle Volanti, con gli equipaggi alle prese con i primi accertamenti.

Gli occupanti di due diverse auto si erano sparati in strada, nell'angolazione della vasta piazza in direzione del viale Brianza, ma nessun bossolo era ancora stato ritrovato sull'asfalto e men che meno testimoni attendibili, nonostante la presenza di un baracchino mobile di vendita panini situato nelle vicinanze, a quell'ora

solitamente frequentato da tiratardi, nottambuli, malavitosi, trans, prostitute e nullafacenti, ma all'arrivo
delle pattuglie, risultato deserto e già spento e disatti-
vato, pronto a defilarsi.

Il primo pensiero degli investigatori, davanti alle eve-
nienze, fu che forse avevano sparato con pistole revol-
ver che appunto non rilasciano bossoli, ma comunque,
invitò i presenti a cercare ancora meglio e con l'aiuto
di fari più potenti, poco distante, accostati al marcia-
piede e nei pressi di un chiusino, all'inizio del viale
Andrea Doria, vennero rinvenuti un paio di bossoli che
parevano essere stati spostati con una pedata o forse
raccolti e in parte, probabilmente lanciati nel tombino.

Gli uomini della scientifica ultimarono i loro rilievi e
prelevarono i due bossoli repertandoli e le volanti ripresero la loro attività di perlustrazione, lasciando il
prosieguo delle incombenze alla Mobile.

Dopo un rapido summit per definire la situazione, si
divisero in due unità, Violante e Lai per perlustrare
l'area di viale Doria mentre Soldini e Visconteo quella
relativa a viale Brianza.

A circa un centinaio di metri dal luogo dell'avvenuta
sparatoria, all'interno del parcheggio, nella dorsale
centrale del viale Andrea Doria, praticamente in fondo,
quasi all'altezza della trasversale Montepulciano, ven-

ne notata una autovettura Mercedes di colore scuro, con il finestrino lato guida leggermente abbassato e il motore acceso. All'interno dell'abitacolo, un uomo seduto al posto guida, parzialmente riverso sulla sua sinistra, di circa quarant'anni, robusto e quasi calvo, indossante un abito scuro e camicia bianca, completamente abbandonato in un sonno profondo.

Forse ubriaco pensarono gli investigatori che all'apertura degli sportelli anteriori, da una rapida occhiata, notarono, appoggiata nel vano porta oggetti centrale e a vista, una pistola automatica simile a quella in dotazione alle forze di Polizia, munita anche di tappo rosso all'estremità. Una fedele riproduzione, ma di fatto, una pistola giocattolo.

Si fecero raggiungere dagli altri due investigatori e non senza difficoltà, svegliarono dal profondo torpore il soggetto alla guida e dopo essere riusciti a farlo stare in piedi, lo identificarono.

Finalmente sveglio, riferì di aver avuto un diverbio con un presunto fidanzato di una entreneuse di un night con cui aveva un po' flirtato nella passata serata.

Ammise di aver seguito la coppia all'uscita dal locale con l'intento di riagganciare la donna dopo essere rincasata, ma, notato che l'uomo stava cercando un parcheggio, aveva intuito che sarebbe salito con lei e quindi, preso dall'ira, dopo essersi avvicinato all'altra auto tendendo il braccio, aveva esploso diverse pistolettate al suo indirizzo, da cui l'occupante, direttamente dal posto guida, a sua volta, aveva risposto al fuoco mettendolo in fuga.

Ripresosi dallo spavento dalla inattesa reazione, aveva fatto un giro rapido ed era ritornato sul posto andando a parcheggiare poi nel luogo ove di fatto era stato ritrovato e nel contempo, di essersi completamente addormentato.

La ricostruzione, frammezzata da silenzi ed euforiche dichiarazioni, parve agli investigatori annaffiata anche da una abbondante libagione di alcool a cui il soggetto aveva fatto ricorso nella serata trascorsa.

Ad un controllo, l'autovettura non risultava attinta da colpi d'arma da fuoco e lui stesso non lamentava o presentava ferite.

Non restava che tentare di rintracciare l'entreneuse e il suo amico, ma l'operazione, risultava ardua poiché la zona è densa di abitati.

Inoltre, l'autovettura del contendente indicata per una Audi, non risultava più presente nei pressi e quindi, si doveva ritenere che lo stesso, dopo gli accadimenti, si era allontanato o l'aveva spostata.

In ogni caso non si persero d'animo e i quattro uomini diedero vita al cosi detto "porta a porta" ovvero contattare tutti i residenti dei palazzi circostanti e finalmente, all'incirca intorno alle successive ore sei, mentre si concedevano una colazione ristoratrice nel bar situato proprio sotto al palazzo della intersezione dei due viali – Brianza e Andrea Doria - appresero dal barman che una entreneuse abitava nel palazzo adiacente, un vasto abitato che comprendeva una cinquantina di abitazioni distribuiti tra il piano terra e il solaio.

Incominciarono dal basso, interpellando tutti i condomini, alcuni dei quali visibilmente infastiditi ma il loro lavoro, prevedeva anche quello. Non si sarebbero certo fermati per qualche ritrosia o mezza risposta appena accennata e proseguirono, raggiunti nel frattempo anche dal resto della squadra, l'ispettore Ninì Nocita e gli agenti Pierluigi Vitelli e Angela Crescenti.

Proprio nella zona solaio, riedificato con abitazioni mono e bilocali, moderne e funzionali, venne rintracciata la "entreneuse", la quale si presentò alla porta con un smagliante sorriso, indossante un accappatoio spugnato di colore rosso leggermente aperto, con bella mostra del generoso seno e di una lunga e sinuosa sgambatura.

Fece accomodare Violante e due suoi uomini nella zona living e interpellata in merito, senza alcuna emozione o imbarazzo, ammise di essere la donna contesa in nottata.

A petto nudo, uscendo dalla camera da letto, chiamato dalla donna, giunse l'uomo, un calabrese di circa trent'anni che con largo sorriso declinò le sue generalità, dichiarandosi volutamente e maliziosamente parente di un noto capo clan[5] di Africo [6], comune di cui era nativo.

Alla richiesta di consegnare l'arma con cui aveva risposto al fuoco, fece segno di seguirlo in camera ove sul comò, in bella vista, vi era una bellissima riproduzione di una pistola automatica modello Beretta anch'essa con tanto di tappo rosso all'estremità.

Venne comunque effettuata una perquisizione ai sensi del 41 TULPS che non portò al rinvenimento di null'altro, estesa anche all'autovettura, parcheggiata in un garage della zona.

Nell'occasione il calabro, facendosi praticamente vanto delle sue origini e delle sue presunte affiliazioni familiari, si propose come confidente e Violante, gli scrisse su un bigliettino il proprio nominativo e il numero di telefono per eventuali contatti confidenziali.

---

[5] Riferimento al capo clan Giuseppe Morabito detto "Tiradrittu". Agli accertamenti è risultato non parente e nemmeno affiliato.

[6] Località della Locride

In pratica sintetizzò poi Violante sghignazzando con i suoi, presente il capo della Omicidi Marinis, «sti due coglioni si sono sparati a salve» fatto che non prevedeva alcuna denuncia.

Venne comunque redatta una relazione, protocollata ed archiviata, in cui si riferiva che il calabro, originario di Africo, si era offerto quale "informatore" ma evidenziando che pur avendo lo stesso cognome, non era nemmeno lontanamente parente del boss da lui indicato, come emerso dalle ricerche archiviali e interrogazioni delle banche dati, risultato anche incensurato come la donna e l'altro contendente.

Qualche mese dopo, in merito a tale episodio, Nicola Violante venne convocato in Procura dal magistrato, una donna nota anche per le sue inchieste antimafia, assistita da due suoi colleghi della sezione Antirapine della Mobile.

Motivo della escussione, il fatto che il calabro nel frattempo, dopo alcune sue confidenziali dichiarazioni, asseriva di essersi "infiltrato" all'interno di una banda che a suo dire, stava progettando di sequestrare un noto imprenditore milanese, mentre trascorreva i fine settimana nella sua villa in Liguria.

Per meglio accreditarsi con gli inquirenti, il "provetto malavitoso africoto" da subito aveva fatto riferimento proprio all'episodio di piazzale Loreto, adducendo che già allora era un informatore della Polizia e che per questo motivo, pur avendo sparato, non lo avevano perseguito, riferendo espressamente il nome di Nicola Violante e fornendo il recapito telefonico di contatto.

Alla richiesta di chiarimenti in merito, Nicola Violante rispose con un sarcastico sorriso, riferendo l'episodio e i relativi dettagli cristallizzati in atti, sbugiardando il calabro, con consiglio ai colleghi presenti di allontanare il soggetto poichè altamente inattendibile oltre che stupido. E, difatti, la sua presunta collaborazione non portò a nulla e risultò fantasiosa, gettando discredito sugli inquirenti che gli avevano dato credito e fiducia.

Qualche giorno dopo, nel corso di un controllo, il calabro venne arrestato nei pressi di un bar in zona Porta Volta, per detenzione di alcune bustine di cocaina. Anche in quella occasione, infilata nella cintola aveva una pistola automatica. Un'arma giocattolo.

EXPLICIT
Milano Noir

Qui si racconta la Milano noir di Nicola Violante, quella che lo ha fatto innamorare di questa città, ove è giunto a venti anni, piangente e smarrito.

Milano era squassata dai terroristi, da bande criminali e la vita era difficile, proprio sotto il profilo delle relazioni sociali.

Non dovevano dire che lavoro facevano, il loro vero nome, non dovevano frequentare determinati ambienti, possibilmente, non uscire mai da soli e, comunque, sempre assolutamente armati. Ha conosciuto la moglie con un nome falso. Cresciuto in fretta tra attentati che facevano tenere gli occhi aperti anche quando si appartavano con le ragazze in auto, sempre con una mano sulla pistola…

Milano, agli inizi degli anni Ottanta, emerse come centro nevralgico della malavita organizzata: le cosiddette "mafie".

La lotta al terrorismo aveva distolto un po' l'attenzione. Mentre si era impegnati in quella "guerra", il malaffare prosperava e i malavitosi giravano quasi indisturbati.

All'ombra di quelle tragedie crebbero svariati banditi tra cui il noto Renato Vallanzasca. La cronaca e la puntuale filmografia di quelli anni descriveva la città come territorio di conquista e depredazione.

Il circuito delle bische clandestine venne monopolizzato da Francis Turatello e a seguire da Angelo Epaminonda e, poi, Jimmy Miano, con allestimento delle sale gioco in lussuosi appartamenti o quelle organizzate a "cielo aperto". Le più note erano quelle della stazione Garibaldi, di piazzale Lotto, degli spazi antistanti l'ippodromo e di via Palmanova.

Gli enormi introiti venivano, poi, reinvestiti nel traffico di droga e nell'acquisto di armi e munizioni. I clan proliferavano in città e in tutta la Lombardia, richiamandosi alle mafie storiche, ovvero, la 'ndrangheta, la mafia, la camorra e la sacra corona unita a cui erano legati per via di affiliazioni e matrimoni incrociati.

La sua città natale, Bari, è sempre nel suo cuore, ma le sue vite le ha vissute e le continua a vivere qui a Milano, una città che lo ha fatto innamorare, lentamente, come una donna che ti fa capire che ti desidera e aspetta che sia tu a fare il primo passo, pur dandoti, comunque, dei segnali.

Protagonisti
(in ordine casuale)

Gigi Abruzzi, 55 anni, - Primo Dirigente e Capo della Squadra Mobile;

Emilio Nicola Marinis, 49 anni – Vice Questore e Capo della Omicidi;

Nicola Violante, 41 anni - Ispettore Superiore / Sostituto Commissario - detto "Mastino" poiché non molla mai, istintivo, determinato e deciso, barese, fisico snello, alto 1,81 capelli ricci e fluenti, da adolescente era stato un atleta velocista nella breve media distanza e successivamente, in gioventù, anche provetto ballerino di balli moderni;

Salvo Soldini, 51 anni – Assistente Capo - detto "Pensatore "ritenuto un ragionatore, calmo e metodico, salentino, statura media e fisico asciutto con capelli già tendenti al bianco;

Frank Visconteo, 51 anni – Assistente Capo – detto "Ciccio" acuto osservatore, all'abilità investigativa associava la necessaria malizia professionale, tarantino, alto e con un buon fisico, stempiato;

Marcello Lai, 47 anni - Assistente Capo – detto "Orata " poiché quando entrava in un ristorante, la prima frase che diceva al ristoratore era «metti una orata sul fuoco» di origine sarde, fisico e statura media con taglio di capelli tendente al corto, amante di scarpe griffate di una nota firma di design del settore;

Pierluigi Vitelli, 31 anni - Agente - detto "Sergente" per il suo trascorso nell'esercito, torinese, alto e con fisico piazzato, capigliatura di lunghezza media, appassionato di fumetti;

Angela Crescenti, 29 anni – Agente – detta "Graffio" per via delle sue unghie lunghe e curate, originaria del tarantino, mora e slanciata;

Ninì Nocita, 37 anni - Ispettore – detto "Analisi "per la sua provata e indiscussa capacità nella elaborazione dei dati, nato al nord ma di origini calabre, biondo, robusto e di media altezza con testa rasata;

Nando Felino, 49 anni - Ispettore - detto "Micio" una derivazione del suo cognome; nato in Germania ma di origini salentine, alto e snello con capelli irti, lucidi e corti modello "Diabolik" che lui assicurava nerissimi di natura, rispondendo agli sfottò di amici e colleghi che gli chiedevano se ogni mattina li trattava con il lucido da scarpe;

Monica Cerro, 53 anni – impiegata civile – addetta all'archivio, lombarda, alta all'incirca 1,60, di corporatura robusta con capelli chiari tendenti al mosso, vestita in maniera semplice e mai truccata;

Carmelo Vesuvio, 43 anni, Ispettore – Commissariato Monforte.

NOTE SULL'AUTORE

Celeste Bruno, nato a Bari, milanese d'adozione.

Commissario di Polizia, dopo la formazione, a Milano dal 1977, prima come poliziotto di frontiera aeroportuale, poi alla Squadra Volante e per oltre 21 anni alla Squadra Mobile.

Ha investigato su omicidi, sequestri di persona, prostituzione, tratta di esseri umani e crimine organizzato, nazionale e internazionale. Brillanti operazioni svolte in tutta Italia e all'estero, attestate da onorificenze ed encomi.

È ritenuto uno stratega, con risoluzione della quasi totalità dei casi indagati. Tra questi i più noti delitti quelli di Marina Scrigna, Bob Caselli, Graziella Girgenti e il triplice omicidio compiuto dal primo serial killer certificato in Italia.

Centinai i sequestri di immobili tra appartamenti, esercizi commerciali, centri estetici e club privè, derivati dalla sua attività investigativa. Tante le donne liberate dai loro aguzzini. Le operazioni "Meeting Stop"; "Silva"; "Ponte Lambro"; "Faenza Commandos" e quelle condotte tra Libia, Crotone e Milano denominate "Kafila" e "Al Matba" sono le sue più note indagini; oltre all'arresto di un bancarottiere israeliano e la disarticolazione di clan criminali di stampo mafioso e di spessore internazionale.

Opinionista televisivo, scrive per diverse testate.

Nel 2004 ha pubblicato con Michele Focarete cronista del Corriere della Sera **"Milano ad ogni ora"** (Biblioteca dell'Immagine), nel 2009 con Paolo Brera **"La Mobile"** (Mursia), nel 2010 **"L'artificiere"** * (Altravista), nel 2013, **"Ti Sparo"** * (Cicorivolta), nel 2014 **"La Torre Saracena"** * (AbEditore), nel 2015 **"Via Schievano… Per non dimenticare"** (videoclip PVS), nel 2016 **"Oscuri Riflessi"** * (AbEditore), nel 2017 **"Kafila"** * (AbEditore), nel 2019 **"Trafficanti- Narcos Milano"** (EV - Edizioni Virgilio con riedizione della WE nel 2020), **"Milano GANGSTER"** Edizioni WE nel 2021.

Ora, in scrittura per prossime pubblicazioni **la collana di detective story "I Mastini della Mobile".**

**n.b. I diritti editoriali dei titoli contrassegnati con *, oggi, sono
detenuti esclusivamente dall'autore.**

**n.b. L'autore previa intesa con l'editore devolverà parte dei
proventi derivanti dalla vendita della collana ad Associazioni
indicate nei relativi volumi.**

"DONAZIONI"

Parte dei proventi di questo volume, di concerto con l'editore, verranno devoluti, per scelta dall'Autore, alla associazione A.P.I. di Milano - Associazione Poliziotti Italiani –.

"Il morso del mastino"

INDICE